HÉSIODE ÉDITIONS

DOSTOÏEVSKY

# Krotkaïa

Hésiode éditions

© Hésiode éditions.

1 rue Honoré - 93500 Pantin.
ISBN 978-2-38512-135-8
Dépôt légal : Décembre 2022

*Impression Books on Demand GmbH*

*In de Tarpen 42*
*22848 Norderstedt, Allemagne*

# Krotkaïa

# I

… Maintenant qu'elle est ici, cela va encore : je m'approche et je la regarde à chaque instant ; mais demain ? on me la prendra, que ferai-je alors tout seul ? Elle est à présent dans cette chambre, étendue sur ces deux tables ; demain la bière sera prête, une bière blanche… ; blanche… en gros de Naples… Du reste, il ne s'agit pas de cela… Je marche, je marche toujours… je veux comprendre. Voilà déjà six heures que je le veux, et je ne puis parvenir à concentrer mes pensées sur un seul point. Mais c'est que je marche toujours, je marche, je marche… Voilà comment c'est arrivé, procédons par ordre : Messieurs, je ne suis pas un romancier, vous le voyez, mais qu'est-ce que cela fait ? je vais tout raconter, comme je le comprends. Oh oui ! je comprends tout, trop bien, et c'est là mon malheur !

Voilà… si vous voulez savoir, c'est-à-dire si je commence par le commencement, elle venait tout simplement engager chez moi des effets pour publier dans le Golos un avis par lequel elle faisait savoir qu'une gouvernante cherchant une place consentirait à s'expatrier, ou à donner des leçons à domicile, etc. C'était tout à fait au commencement, je ne la remarquai pas, elle venait comme les autres, et tout allait pour elle comme pour les autres. Puis je commençai à la distinguer. Elle était mince, blonde, d'une taille au-dessus de la moyenne. Avec moi elle paraissait gênée, comme honteuse ; je pense qu'elle devait être ainsi avec toutes les personnes qu'elle ne connaissait pas ; elle ne s'occupait certainement pas de moi ; elle devait voir en moi non point l'homme, mais l'usurier. Aussitôt l'argent reçu, elle s'en allait. Et toujours silencieuse. Les autres discutent, supplient, marchandent pour recevoir davantage ; elle, non… ce qu'on lui donnait… Il me semble que je m'embrouille… Ah oui ; ce sont ses gages qui éveillèrent mon attention tout d'abord : des boucles d'oreilles en argent doré, un méchant petit médaillon ; tout cela ne valait pas vingt kopecks. Elle le savait bien, mais on voyait à son air combien ces objets lui étaient précieux, et en effet c'était tout l'héritage paternel et maternel, je l'ai su après. Une seule fois je me suis permis de sourire en voyant ce qu'elle apportait. C'est-à-dire... voyez-vous, je ne fais jamais cela, j'ai avec mon public des manières de gentilhomme : peu de paroles, poli, sévère, « sévère, et encore sévère ». Mais une fois elle avait osé apporter le reste (c'est littéralement comme je vous le dis), le reste d'une camisole en peau de lièvre. – Je ne pus me contenir et je me laissai aller à lâcher une plaisanterie... Mon petit père, quelle rougeur ! ses yeux sont bleus, grands, pensifs ; quel feu ils jetèrent ! Et pas un mot ; elle prit sa guenille et sortit. C'est alors surtout que je la remarquai et que je me mis à rêver un peu de ce côté... c'est-à-dire précisément, d'une manière particulière... Oui, je me rappelle encore cette impression..., c'est-à-dire, si vous voulez, l'impression principale, la synthèse de tout : elle était terriblement jeune, si jeune, qu'on ne lui aurait pas donné plus de quatorze ans. Cependant elle avait alors seize ans moins trois mois. Au reste, ce n'est pas cela que je voulais dire, ce n'est pas là qu'est la synthèse.

Elle revint le lendemain.

J'ai su depuis qu'elle était allée porter cette camisole chez Dobronravoff et chez Mozer, mais ils n'acceptent que de l'or, ils n'ont pas même voulu lui répondre. Moi, une fois, je lui ai pris un camée qui ne valait presque rien, et, en y réfléchissant ensuite, j'ai été étonné d'avoir fait cela : je ne prends aussi que des objets d'or et d'argent, et, à elle, j'ai pris un camée ? Pourquoi ? Ce fut ma seconde pensée ayant trait à elle, je me le rappelle.

La fois suivante, c'est-à-dire en revenant de chez Mozer, elle m'apporta un porte-cigare d'ambre, un bibelot comme ci comme ça, pour un amateur, mais qui pour moi ne valait rien, car chez nous il n'y a que l'or. Comme elle venait après l'échauffourée de la veille, je la reçus sévèrement.

Ma sévérité consiste à accueillir froidement les gens. Pourtant, en lui remettant deux roubles, je ne me retins pas de lui dire d'un ton irrité : « C'est seulement pour vous ; Mozer ne vous prendra pas ces choses-là. » Et je soulignais surtout les mots pour vous, précisément dans un certain sens. J'étais méchant. En entendant ce pour vous, elle rougit de nouveau, mais elle ne dit rien, elle ne jeta pas l'argent, elle l'emporta. – C'est que c'est que la misère ! Et comme elle rougit ! Je compris que je l'avais blessée. Et quand elle sortit, je me demandai tout à coup : « Ce triomphe sur elle vaut-il bien deux roubles ? » Hé, hé, hé ! je me le rappelle, c'est justement cette question que je me posai : « Cela vaut-il deux roubles ? cela les vaut-il ? » Et tout en riant, je résolus la question dans le sens affirmatif. J'étais vraiment très gai alors. Mais je n'agissais pas à ce moment par suite d'un sentiment mauvais ; je le faisais exprès, avec intention ; je voulais l'éprouver, car quelques nouvelles pensées à son sujet surgirent inopinément dans mon cerveau. Ce fut la troisième fois qu'il me vint à propos d'elle des pensées particulières.

… Eh bien, c'est à partir de cet instant-là que ça a commencé. J'ai pris aussitôt des renseignements sur sa vie, sur sa situation et j'attendis impatiemment sa visite.

J'avais le pressentiment qu'elle reviendrait bientôt. En effet elle reparut et je lui parlai alors avec politesse et amabilité. J'ai été bien élevé et j'ai des formes… Hum… J'ai compris à cette époque qu'elle était bonne et douce. Les bons et les doux ne résistent pas longtemps, et, quoiqu'ils n'ouvrent pas volontiers leur cœur devant vous, il leur est impossible d'éviter une conversation. Ils sont sobres de réponses, mais ils répondent quand même, et plus vous allez, plus vous obtenez, si vous ne vous fatiguez pas. Mais on comprend que cette fois-là elle ne m'a rien donné à entendre. C'est après que j'ai su l'histoire du Golos et tout le reste. À cette époque elle s'annonçait de toutes ses forces dans les journaux : d'abord, cela va sans dire, c'était avec faste : « une gouvernante… partirait aussi en province ; envoyer les conditions sous enveloppe » puis : « consentirait à tout ; donnerait des leçons, ou serait demoiselle de compagnie ; gérerait un intérieur, soignerait une malade, ferait des travaux de couture etc., etc. » Enfin tout ce qui est usité en pareil cas. Elle ne demandait pas tout cela à la fois, mais chaque nouvel avis accentuait la note et, à la fin, désespérée, elle ne sollicitait plus que du

« travail pour du pain. » Non, elle ne trouva pas de place.

Je me décide alors à l'éprouver une dernière fois : je prends tout-à-coup le Golos du jour et je lui montre une annonce : « Une jeune personne, orpheline de père et de mère, cherche une place de gouvernante auprès de petits enfants, de préférence chez un veuf âgé. Peut aider dans le ménage ».

– Vous voyez, c'est une annonce de ce matin, et, ce soir, la personne trouvera certainement une place. Voilà comment il faut faire des annonces.

Elle rougit de nouveau, de nouveau ses yeux jetèrent des flammes ; elle tourna le dos et partit.

Cela me plut beaucoup. Du reste j'étais déjà sûr d'elle et je n'avais rien à craindre ; personne ne prendrait ses porte-cigares ; les porte-cigares d'ailleurs lui manquaient aussi. Elle reparut le troisième jour toute pâle et bouleversée. – Je compris qu'il était arrivé quelque chose chez elle, et en effet. Je vous dirai tout à l'heure ce qui était arrivé ; maintenant je vais seulement rapporter comment je me suis soudainement montré chic et comment j'ai gagné du prestige. C'est une idée qui me vint à l'improviste… Voici l'affaire.

Elle apporta une image de la Vierge (elle se décida à l'apporter)… Ah… écoutez ! écoutez. Cela commence, car jusqu'à présent je ne faisais que m'embrouiller… C'est que je veux tout me rappeler, chaque menu détail, chaque petit trait…

Je veux toujours concentrer mes pensées et je ne puis y parvenir… ah, voilà les petits détails, les petits traits…

L'image de la Vierge… La Vierge avec l'enfant Jésus ; une image de famille, vieille, la garniture en argent doré – « cela vaut… six roubles cela vaut. » Je vois que l'image lui est très chère : elle engage tout, le cadre, la garniture. Je lui dis : Il vaut mieux laisser seulement la garniture ; l'image, vous pouvez la remporter ; ça ira bien sans cela.

– Est-ce que c'est défendu ?

– Non, ce n'est pas défendu, mais peut-être vous même…

– Eh bien, dégarnissez.

– Savez-vous, je ne la dégarnirai pas ; je la mettrai par là avec les miennes – dis-je après réflexion – sous cette lampe d'image (j'avais toujours cette lampe allumée, depuis l'installation de mon bureau d'engagements), et, puis prenez tout simplement dix roubles.

– Je n'ai pas besoin de dix roubles ; donnez m'en cinq ; je dégagerai sûrement.

– Vous ne voulez pas dix roubles. L'image vaut cela, ajoutai-je en remarquant de nouveau l'étincellement de ses yeux. Elle ne répondit pas. Je lui donnai cinq roubles.

– Il ne faut mépriser personne… J'ai été moi-même dans une situation critique et pire encore, et si vous me voyez à présent une telle occupation… C'est qu'après tout ce que j'ai eu à souffrir…

– Vous vous vengez de la société ! hein ? interrompit-elle tout-à-coup avec un sourire très ironique mais naïf aussi (c'était banal, car comme elle ne me portait aucun intérêt particulier, le mot n'avait guère le caractère d'une offense) Ah ! Ah ! ai-je pensé, voilà comme elle est, c'est une femme à caractère, une émancipée.

– Voyez-vous, continuai-je, moitié plaisant moitié sérieux : « Moi je suis une fraction de cette fraction de l'être qui veut faire le mal et qui fait le bien ».

Elle me regarda aussitôt, avec une attention où subsistait de la curiosité enfantine :

— Attendez ; quelle est cette pensée-là ? Où l'avez-vous prise ? j'ai entendu cela quelque part…

— Ne vous cassez pas la tête. C'est ainsi que Méphistophélès se présente à Faust. Avez-vous lu Faust ?

— Pas… attentivement.

— C'est-à-dire que vous ne l'avez pas lu. Il faut le lire. Je vois encore à vos lèvres un pli ironique. Ne me supposez pas, je vous en prie, assez peu de goût pour vouloir blanchir mon rôle d'usurier en me donnant pour un Méphistophélès. Un usurier est un usurier. C'est connu.

— Vous êtes étrange… je ne voulais pas dire…

Elle était sur le point de me dire qu'elle ne s'attendait pas à trouver en moi un lettré, elle ne le dit pas, et je compris qu'elle le pensait. Je l'avais vivement intriguée.

— Voyez-vous, remarquai-je, il n'est point de métier où l'on ne puisse faire le bien. Certes, je ne parle pas de moi. Moi, je ne fais, je suppose, que le mal, mais…

— Certainement on peut faire le bien dans tous les états, répliqua-t-elle avec vivacité en cherchant à me pénétrer du regard. Oui, dans tous les états, lit-elle.

Oh, je me rappelle, je me rappelle tout ! Et, je veux le dire, elle avait cette jeunesse, cette jeunesse charmante qui, lorsqu'elle exprime une idée intelligente, profonde, laisse transparaître sur le visage un éclair de conviction naïve et sincère, et semble dire : voyez comme je comprends et pénètre en ce moment. Et on ne peut pas dire que ce soit là de la fatuité, comme la nôtre, c'est le cas qu'elle fait elle-même de l'idée conçue, l'estime qu'elle a pour cette idée, la sincérité de la conviction, et elle pense que vous devez estimer cette idée au même degré. Oh la sincérité ! C'est par là qu'on subjugue. Et que c'était exquis chez elle !

Je me souviens, je n'ai rien oublié. Quand elle sortit, j'étais décidé. Le même jour j'ai pris mes derniers renseignements et j'ai connu en détail tout le reste de sa vie. Le passé, je le savais par Loukeria, domestique de sa famille, que j'avais mise dans mes intérêts peu auparavant. Le fond de sa vie était si lamentable que je ne comprends pas comment, dans une pareille situation, elle avait pu garder la force de rire, la faculté de curiosité qu'elle a montrée en parlant de Méphistophélès. Mais, la jeunesse ! – C'est cela précisément que je pensais alors avec orgueil et joie, car je voyais de la noblesse d'âme dans ce fait que, bien qu'elle fût sur le bord d'un abîme, la grande pensée de Gœthe n'en étincelait pas moins à ses yeux. La jeunesse, même mal à propos, est toujours généreuse. Ce n'est que d'elle que je parle. Le point important est que déjà je la regardais comme mienne, que je ne doutais pas de ma puissance, et savez-vous que cela donne une volupté surhumaine de ne pas douter ?

Mais où vais-je ? Si je continue, je n'arriverai jamais à concentrer mes réflexions… vite, vite, mon Dieu ! je m'égare, ce n'est pas cela !

## II

Son histoire que j'ai pu connaître, je la résumerai en quelques mots. Son père et sa mère étaient morts depuis longtemps, trois ans avant qu'elle se mît à vivre chez ses tantes, femmes désordonnées, pour ne pas dire plus. L'une, veuve, chargée d'une nombreuse famille (six enfants plus jeunes les uns que les autres), l'autre vieille fille mauvaise. Toutes les deux mauvaises.

Son père, employé de l'état, simple commis, n'était que noble personnel ; cela m'allait bien. Moi j'appartenais à une classe supérieure.

Ex-capitaine en second, d'un régiment à bel uniforme, noble héréditaire, indépendant, etc. Quant à ma maison de prêt sur gages, les tantes ne pouvaient la regarder que d'un bon œil. Trois ans de servitude chez ses tantes ! Et cependant elle trouva le moyen de passer ses examens, elle sut s'échapper de cet impitoyable besogne quotidienne pour passer des examens. Cela prouve qu'elle avait des aspirations nobles, élevées. Et moi, pourquoi voulais-je me marier ? D'ailleurs, il n'est pas question de moi… ce n'est pas de cela qu'il s'agit… Elle donnait des leçons aux enfants de la tante, raccommodait le linge, et même, malgré sa poitrine délicate, lavait les planchers. On la battait, on lui reprochait sa nourriture et, à la fin, les vieilles tentèrent de la vendre. Pouah ! Je passe sur les détails dégoûtants. Elle m'a tout raconté en détail depuis. Tout cela fut épié par un gros épicier du voisinage. Ce n'était pas un simple épicier, il possédait deux magasins. Ce négociant avait déjà fait fondre deux femmes : il en cherchait une troisième. Il crut avoir trouvé : « Douce, habituée à la misère, voilà une mère pour mes enfants », se dit-il.

Effectivement il avait des enfants. Il la rechercha en mariage et fit des ouvertures aux tantes… Et puis il avait cinquante ans. Elle fut terrifiée. C'est sur ces entrefaites qu'elle se mit à venir chez moi, afin de trouver l'argent nécessaire à des insertions dans le Golos. Elle demanda à ses tantes un peu de temps pour réfléchir. On lui en accorda, très peu. Mais on l'obsédait, on lui répétait ce refrain ; « Nous n'avons pas de quoi vivre nous-mêmes, ce n'est pas pour garder une bouche de plus à nourrir. » Je connaissais déjà toutes ces circonstances, mais ce n'est que ce matin là que je me suis décidé. Le soir, l'épicier apporte pour cinquante kopecks de bonbons ; elle est avec lui. Moi, j'appelle Loukérïa de sa cuisine, et je lui demande de lui dire tout bas que je l'attends à la porte, que j'ai quelque chose de pressant à lui communiquer. J'étais très content de moi. En général, ce jour-là, j'étais terriblement content de moi.

À la porte cochère, devant Loukéria, je lui déclarai, à elle déjà étonnée de mon appel, que j'avais l'honneur, et le bonheur… Ensuite, afin de lui expliquer ma manière d'agir, et pour éviter qu'elle s'étonnât de ces pourparlers devant une porte : « Vous avez affaire à un homme de bonne foi, qui sait où vous en êtes. » Et je ne mentais pas, j'étais de bonne foi. Mais laissons cela. Non seulement ma requête était exprimée en termes convenables, telle que devait l'adresser un homme bien élevé, mais elle était originale aussi, chose essentielle. Hé bien, est-ce donc une faute de le confesser ? Je veux me faire justice et je me la fais ; je dois plaider le pour et le contre, et je le plaide. Je me le suis rappelé après avec délices, quoique ce soit bête : Je lui avouais alors, sans honte, que j'avais peu de talents et une intelligence ordinaire, que je n'étais pas trop bon, que j'étais un égoïste bon marché, (je me rappelle ce mot, je l'avais préparé en route et j'en étais fort satisfait) et qu'il y avait peut-être en moi beaucoup de côtés désagréables, sous tous les rapports. Tout cela était débité avec une sorte d'orgueil. On sait comment on dit ces choses-là. Certes, je n'aurais pas eu le mauvais goût de commencer, après celle de mes défauts, la nomenclature de mes qualités, par exemple en disant : Si je n'ai pas ceci ou cela, j'ai au moins, ceci et cela. Je voyais qu'elle avait bien peur, mais je ne la ménageais pas ; tout au contraire, comme elle tremblait, j'appuyais davantage. Je lui dis carrément qu'elle ne mourrait pas de faim, mais qu'il ne fallait pas compter sur des toilettes, des soirées au théâtre ou au bal, sinon plus tard, peut-être, quand j'aurais atteint mon but. Ce ton sévère m'entraînait moi-même. J'ajoutai, comme incidemment, que si j'avais adopté ce métier de prêteur sur gages, c'était dans certaines circonstances, en vue d'un but particulier. J'avais le droit de parler ainsi : les circonstances et le but existaient réellement.

Attendez, messieurs ; j'ai été toute ma vie le premier à exécrer ce métier de prêteur sur gages, mais bien qu'il soit ridicule de se parler à soi-même mystérieusement, il est bien vrai que je me vengeais de la société. C'était vrai ! vrai ! vrai ! De sorte que, le matin où elle me raillait en supposant que je me vengeais de la société, c'était injuste de sa part. C'est que, voyez-vous, si je lui avais nettement répondu : « Hé bien, oui, je me venge de la société », elle aurait ri de moi, comme un autre matin, et ç'aurait été en effet fort risible. Mais, de la sorte, au moyen d'allusions vagues, en lançant une phrase mystérieuse, il se trouva possible de surexciter son imagination. D'ailleurs je ne craignais plus rien alors. Je savais bien que le gros épicier lui semblerait en tous cas plus méprisable que moi, et que, là, sous la porte cochère, j'avais l'air d'un sauveur ; j'en avais conscience. Ah, les bassesses, voilà ce dont on a aisément la conception !… Après tout, était-ce donc vraiment une bassesse ? Comment juger un homme en pareil cas ? Ne l'aimais-je pas déjà, alors ?

Attendez. Il va sans dire que je ne lui ai pas soufflé mot de mes bienfaits, au contraire ; oh ! au contraire : « C'est moi qui suis votre obligé et non vous mon obligée. » J'ai dit cela tout haut, sans pouvoir m'en empêcher. Et c'était peut-être bête, car je la vis froncer le sourcil. Mais en somme j'avais gagné la partie : Attendez encore… puisque je dois remuer toute cette boue, il me faut rappeler une dernière saleté, je me tenais droit, à cette porte, et il me montait au cerveau des fumées : « Tu es grand, élancé, bien élevé, et, enfin, sans fanfaronnade, d'une assez jolie figure ». Voilà ce qui me passait par la tête… Il va sans dire que, surplace, à la porte même, elle me répondit oui. Mais… mais je dois ajouter qu'elle réfléchit assez longtemps, avant de répondre oui. Elle était si pensive, si pensive, que j'eus le temps de lui dire : « hé bien ! » Et je ne pus même me passer de le lui dire avec un certain chic : « hé bien donc » avec un donc.

– Attendez, fit-elle, je réfléchirai.

Son visage mignon était si sérieux, si sérieux qu'on y lisait son âme. Et moi je me sentais offensé : « Est-ce possible, pensais-je, qu'elle hésite entre moi et l'épicier. » Ah, alors je ne comprenais pas encore ! je ne comprenais rien, rien du tout ! jusqu'à aujourd'hui, je n'ai rien compris ! Je me rappelle que, comme je m'en allais, Loukeria, courut « après moi et me jeta rapidement : « Que Dieu vous le rende, Monsieur, vous prenez notre chère demoiselle, Mais ne le lui dites pas, elle est fière. »

Fière, soit, j'aime bien les petites fières, les fières sont surtout prisables quand on est certain de les avoir conquises, hé ? Oh bassesse, maladresse de l'homme ! Que j'étais satisfait de moi ! Imaginez-vous que, tandis qu'elle restait pensive sous la porte avant de me dire le oui, imaginez-vous que je lisais avec étonnement sur ses traits cette pensée : « Si j'ai le malheur à attendre des deux côtés, pourquoi ne choisirais-je pas de préférence le gros épicier afin que, dans ses ivresses, il me roue de coups jusqu'à me tuer.

Et, qu'en croyez-vous, ne pouvait-elle pas avoir une telle pensée ?

Oui, et maintenant je ne comprends rien du tout ! Je viens de dire qu'elle pouvait avoir cette pensée : Quel sera le pire des deux malheurs ? Qu'y a-t-il de plus mauvais à prendre, le marchand ou l'usurier de Goethe ? Voilà la question !… Quelle question ? Et tu ne comprends pas même cela, malheureux ! Voilà la réponse sur la table. Mais encore une fois, pour ce qui est de moi, je m'en moque… qu'importe, moi ?… Et au fait, suis-je pour quelque chose là-dedans, oui ou non ? Je ne puis répondre. Il vaut mieux aller me coucher, j'ai mal à la tête.

### III

Je n'ai pas dormi. Comment aurais-je pu dormir ? le sang battait dans mes tempes avec furie. Je veux me replonger dans ces fanges. Quelle boue !… De quelle boue aussi je l'ai tirée… Elle aurait dû le sentir, juger mon acte à sa juste valeur !… Plusieurs considérations m'ont amené à ce mariage : je songeais par exemple que j'avais quarante et un an et qu'elle en avait seize. Le sentiment de cette inégalité me charmait. C'était doux, très doux.

J'aurais voulu, toutefois, faire un mariage à l'anglaise, devant deux témoins seulement, dont Loukeria, et monter ensuite en wagon, pour aller à Moscou peut-être, où j'avais justement affaire, et où je serais resté deux semaines. Elle s'y est opposée, elle ne l'a pas voulu et j'ai été obligé d'aller saluer ses tantes comme les parents qui me la donnaient. J'ai même fait à chacune de ces espèces un p résent de cent roubles et j'en ai promis d'autres, sans lui en parler, afin de ne pas l'humilier par la bassesse de ces détails. Les tantes se sont faites tout sucre. On a discuté la dot : elle n'avait rien, presque littéralement rien, et elle ne voulut rien emporter. J'ai réussi à lui faire comprendre qu'il était impossible qu'il n'y eût aucune dot, et cette dot, c'est moi qui l'ai constituée, car qui l'aurait pu faire ? mais il ne s'agit pas de moi... Je suis arrivé à lui faire accepter plusieurs de mes idées, afin qu'elle fût au courant, au moins. Je me suis même trop hâté, je crois. L'important est que, dès le début, malgré sa réserve, elle s'empressait autour de moi avec affection, venait chaque fois tendrement à ma rencontre et me racontait, toute transportée, en bredouillant (avec le délicieux balbutiement de l'innocence), son enfance, sa jeunesse, la maison paternelle, des anecdotes sur son père et sa mère. Je jetais de l'eau froide sur toute cette ivresse. C'était mon idée. Je répondais à ses transports par un silence, bienveillant, certes... mais elle sentit vite la distance qui nous séparait et l'énigme qui était en moi. Et moi je faisais tout pour lui faire croire que j'étais une énigme ! c'est pour me poser en énigme que j'ai commis toutes ces sottises ! d'abord la sévérité : c'est avec mon air sévère que je l'ai amenée dans ma maison. Pendant le trajet, dans mon contentement, j'ai établi tout un système. Et ce système m'est venu tout seul à la pensée. Et je ne pouvais pas faire autrement, cette manière d'agir m'était imposée par une force irrésistible. Pourquoi me calomnierais-je, après tout ? C'était un système rationnel. Non, écoutez, si vous voulez juger un homme, faites-le en connaissance de cause... Écoutez ;

Comment faut-il commencer ? car c'est très difficile. Entreprendre de se justifier, là naît la difficulté. Voyez-vous, la jeunesse méprise l'argent, par exemple, je prônai l'argent, je préconisai l'argent ; je le préconisai tant, tant, qu'elle finit par se taire. Elle ouvrait les yeux grand, écoutait, regardait et se taisait. La jeunesse est généreuse, n'est-ce pas ? du moins la bonne jeunesse est généreuse, et emportée, et sans grande tolérance ; si quelque chose ne lui va pas, aussitôt elle méprise. Moi, je voulais de la grandeur, je voulais qu'on inoculât au cœur même de la grandeur, qu'on l'inoculât aux mouvements même du cœur, n'est-ce pas ? je choisis un exemple banal : Comment pouvais-je concilier le prêt sur gages avec un semblable caractère ? Il va sans dire que je n'ai pas procédé par allusion directe, sans quoi j'aurais eu l'air de vouloir me justifier de mon usure. J'opérais par l'orgueil. Je laissais presque parler mon silence. Et je sais faire parler mon silence ; toute ma vie, je l'ai fait. J'ai vécu des drames dans mon silence. Ah, comme j'ai été malheureux. Tout le monde m'a jeté par dessus bord, jeté et oublié, et personne, personne ne s'en est douté ! Et voilà que tout-à-coup les seize ans de cette jeune femme surent recueillir, de la bouche de lâches, des détails sur moi, et elle s'imagina qu'elle connaissait tout. Et le secret, pourtant, était caché au fond de la conscience de l'homme ! Moi, je ne disais rien, surtout avec elle, je n'ai rien dit, rien jusqu'à hier… Pourquoi n'ai-je rien dit ? Par orgueil. Je voulais qu'elle devinât, sans mon aide, et non d'après les racontars de quelques drôles ; je voulais qu'elle devinât elle-même cet homme et qu'elle le comprît ! En l'amenant dans ma maison, je voulais arriver à son entière estime, je voulais la voir s'incliner devant moi et prier sur mes souffrances… je valais cela. Ah j'avais toujours mon orgueil ; toujours il me fallait tout où rien, et c'est parce que je ne suis pas un admetteur de demi-bonheurs, c'est parce que je voulais tout, que j'ai été forcé d'agir ainsi. Je me disais ; « mais devine donc et estime-moi ! » Car vous admettez que si je lui avais fourni des explications, si je les lui avais soufflées, si j'avais pris des détours, si je lui avais réclamé son estime, ç'aurait été comme lui demander l'aumône… Du reste… du reste, pourquoi revenir sur ces choses-là !

Stupide, stupide, cent fois stupide ! je lui exposai nettement, durement (oh oui, durement), en deux phrases, que la générosité de la jeunesse est une belle chose, mais qu'elle ne vaut pas un demi-kopeck. Et pourquoi ne vaut-elle rien, cette générosité de la jeunesse ? Parce qu'elle ne lui coûte pas cher, parce qu'elle la possède avant d'avoir vécu. Tous ces sentiments-là sont, pour ainsi dire, le propre des premières impressions de l'existence. Voyez-vous donc à la tâche. La générosité bon marché est facile. Donner sa vie, même, coûte si peu, il n'y a dans vos sacrifices que du sang qui bout et du débordement de forces. Vous n'avez soif que de la beauté de l'acte, dites-vous ? oh que non pas ! Choisissez donc un dévouement difficile, long, obscur, sans éclat, calomnié, où soit beaucoup de sacrifice et pas une gloire, oh ! vous qui rayonnez en vous-même, vous qu'on traite d'infâme, tandis que vous êtes le meilleur homme de la terre, hé bien, tentez cet héroïsme : Vous reculerez ! Et moi je suis resté sous le poids de cet héroïsme toute ma vie… Elle batailla d'abord, avec acharnement ; puis elle en arriva par degrés au silence, au silence complet. Ses yeux seuls écoutaient, de plus en plus attentifs et grands, grands de terreur. Et… et, de plus, je vis poindre un sourire défiant, fermé, mauvais. C'est avec ce sourire-là que je l'ai amenée dans ma maison. Il est vrai qu'elle n'avait plus d'autre refuge.

## IV

Qui a commencé le premier ?

Personne. Ça a commencé tout seul, dès le début. J'ai dit que je l'avais sévèrement accueillie chez moi ; cependant les premiers jours, je me suis adouci. Durant nos fiançailles je l'ai avertie qu'elle aurait à recevoir les objets mis en gages et à faire les prêts. Elle n'a élevé aucune objection (remarquez-le) ; même, elle s'est mise au travail avec ardeur…

L'appartement et le mobilier n'ont pas été changés. Deux pièces, une grande salle divisée en deux par le comptoir, et une chambre, pour nous, qui servait de chambre à coucher. Le meuble était modeste, plus modeste encore que chez les tantes. Ma vitrine à images saintes avec sa lampe, se trouvait dans la salle où était le bureau ; dans l'autre pièce, ma bibliothèque, quelques livres, et aussi le secrétaire. Les clefs sur moi. Lit, chaises, tables. Je donnai encore à entendre à ma fiancée que les dépenses de la maison, c'est-à-dire la nourriture pour moi, pour elle et pour Loukéria (j'avais pris cette dernière avec nous) ne devait pas dépasser un rouble par jour. « Il me faut amasser trente mille roubles en trois ans, autrement ce ne serait pas gagner de l'argent. » Elle ne fit point résistance et j'augmentai de moi-même de trente kopecks nos frais de table. De même pour le théâtre. J'avais dit à ma fiancée que nous n'irions pas au théâtre et cependant je décidai ensuite que nous le ferions une fois par mois, et que nous nous payerions des places convenables, des fauteuils. Nous y sommes allés ensemble trois fois ; nous avons vu La Chasse au bonheur et la Périchole, il me semble… mais qu'importe, qu'importe… Nous y allions sans nous parler, et sans parler nous revenions : Pourquoi, pourquoi ne nous être jamais rien dit ?

Dans les premiers temps il n'y a pas eu de discussion, et pourtant c'était déjà le silence.

Je me rappelle… Elle me regardait à la dérobée, et moi, m'en apercevant, je redoublais de mutisme. C'est de moi, il est vrai, que venait le silence, et non d'elle… Une ou deux fois elle fit la tentative de me serrer dans ses bras. Mais comme ces transports étaient maladifs, hystériques, et que je n'appréciais que des joies vraies, où il y eût de l'estime réciproque, j'accueillis froidement ces démonstrations. Et j'avais raison : le lendemain de chacun de ces élans, il y avait des brouilles, non pas précisément des brouilles, mais des accès de silence et, de sa part, des airs de plus en plus provocants.

« L'insoumission, la révolte », voilà ce qu'on voyait en elle. Seulement elle était impuissante. Oui, ce doux visage devenait de plus en plus provocant. Je commençais à lui paraître répugnant. Oh, j'ai étudié cela. Quant à être hors d'elle, certes elle l'était souvent… Comment, par exemple, se fait-il qu'au sortir d'un taudis où elle lavait les planchers, elle se soit si vite dégoûtée d'un autre intérieur pauvre ?

Chez nous, voyez-vous, ce n'était pas de la pauvreté, c'était de l'économie, et quand il le fallait, j'admettais même du luxe, par exemple pour le linge, pour la tenue. J'avais toujours pensé qu'un mari soigné devait charmer une femme. Du reste elle n'avait rien contre la pauvreté, c'était contre l'avarice. « Nous avions certes chacun notre but et un caractère fort. » Elle refusa tout à coup, d'elle-même, de retourner au théâtre et le pli ironique de sa bouche se creusa davantage... Et, moi, mon silence augmentait, augmentait...

Ne dois-je point me justifier ? Le point grave était l'affaire du prêt sur gages, n'est-ce pas ? Permettez, je savais qu'une femme, à seize ans, ne peut pas se résigner à une entière soumission envers un homme. La femme n'a pas d'originalité, c'est un axiome ; encore aujourd'hui c'est resté un axiome pour moi. Il n'importe qu'elle soit couchée là, dans cette chambre, une vérité est une vérité, et Stuart Mill lui-même n'y ferait rien. Et la femme qui aime, oh la femme qui aime ! même les vices, même les crimes d'un être aimé, elle les déifie. Cet être aimé ne saurait trouver pour ses propres fautes autant d'excuses qu'elle en trouvera. C'est généreux, mais ce n'est pas original. C'est ce manque d'originalité qui a perdu les femmes. Et qu'est-ce que ça prouve, je le répète, qu'elle soit là sur la table ? Est-ce donc original d'y être ? Oh ! oh !

Écoutez, j'étais alors presque convaincu de son amour, elle m'entourait, elle se jetait à mon cou, n'est-ce point parce qu'elle aimait ou voulait aimer ? Oui, c'est bien cela, elle désirait ardemment aimer, elle cherchait l'amour et, le mauvais de mon cas, c'était que je n'avais pas commis de crime qu'elle eût à glorifier. Vous dites : « usurier » et tous disent, usurier, et puis, après ? il y avait des raisons pour que l'un des plus généreux des hommes devînt usurier. Voyez-vous, messieurs, il y a des idées... C'est-à-dire, voyez-vous, que si l'on exprime une certaine idée par des paroles, ce sera alors terriblement bête. J'aurais honte... et pourquoi ? Pour rien. Parce que nous sommes tous de la drogue et que nous sommes incapables de supporter la vérité. Ou bien je ne sais plus... je disais tout à l'heure « le plus généreux des hommes » ; il y a là de quoi rire, et pourtant c'est vrai, c'était vrai, c'est la vérité vraie. Oui, j'avais le droit alors de vouloir assurer mon avenir et de créer cette maison : « Vous m'avez repoussé, vous, les hommes ; vous m'avez chassé par vos silences méprisants ; à mes aspirations passionnées vous avez répondu par une offense mortelle pesant sur ma vie entière : j'avais donc le droit de construire un mur entre vous et moi, de rassembler ces trente raille roubles et de finir ma vie dans un coin, en Crimée, au bord de la Mer Noire, sur une montagne, au milieu des vignes, dans mes propriétés acquises au prix de ces trente mille roubles, et surtout loin de vous tous, sans amertume contre vous, avec un idéal dans l'âme, avec une femme aimante près du cœur, avec une famille, si Dieu l'avait permis, et en faisant du bien à mon prochain ». J'ai bien fait de garder tout cela pour moi, car qu'y aurait-il eu de plus stupide que de le lui raconter tout haut ? Et voilà la cause de mon orgueilleux silence, voilà pourquoi nous restions en face l'un de l'autre sans ouvrir la bouche. Qu'aurait-elle pu comprendre ? seize ans, la première jeunesse… que pouvait-elle entendre à mes justifications, à mes souffrances ? Chez elle, de la droiture, l'ignorance de la vie, de jeunes convictions gratuites, l'aveuglement à courte vue d'un « cœur d'or »… Le pire de tout, c'était la maison de prêt sur gages, voilà. (Y faisais-je donc tant de mal, dans cette maison et ne voyait-elle pas que je me contentais de gains modérés) ? Ah ! La vérité est terrible sur la terre ! ce charme, cette douceur céleste qu'elle avait, c'était une tyrannie, une tyrannie insupportable pour mon âme, une torture ! je me calomnierais, si j'omettais cela, ne l'aimais-je pas ? Pensez-vous que je ne l'aimais pas ? Qui peut dire que je ne l'aimais pas ? Ç'a été voyez-vous une ironie, une ironie perfide de la destinée et de la nature ! Nous sommes des maudits ; la vie humaine est universellement maudite ! La mienne plus que tout autre ! Moi, je comprends maintenant mon erreur !… Il y avait des obscurités… Non, tout était clair, mon projet était clair comme le ciel : « Me renfermer dans un silence sévère, orgueilleux, me refuser toute consolation morale. Souffrir en silence ». Et j'ai exécuté mon plan ; je ne me suis point menti à moi-même ! « Elle verra elle-même après, pensais-je, qu'il y avait ici de la générosité. Elle n'a pas su s'en apercevoir maintenant, mais quand elle le découvrira plus tard, si jamais elle le découvre, elle l'appréciera dix fois plus, et, tombant à genoux, elle joindra les mains ». Voilà quelle était mon idée. Mais justement j'ai oublié ou omis quelque chose. Je n'ai pu arriver à rien… mais assez, assez… À qui maintenant demander pardon ? c'est fini, fini…. Courage, homme ! garde ton orgueil : ce n'est pas toi qui es le coupable !

Et bien je vais dire la vérité, je ne craindrai pas de la contempler face à face : c'est elle qui a eu tort, c'est elle qui a eu tort !…

## V

Donc, les premières disputes vinrent de ce qu'elle voulut avoir, sans contrôle, le maniement de l'argent, et coter les objets apportés en gage à un trop haut prix. Elle daigna deux fois me quereller à ce sujet. Moi je ne voulus pas céder. C'est ici qu'apparut la veuve du capitaine.

Une antique veuve d'officier se présenta munie d'un médaillon qu'elle tenait de son mari. Un souvenir, vous comprenez. Je donnai trente roubles. La vieille se mit à geindre et à supplier qu'on lui gardât son gage. – Cela va sans dire que nous le gardions. Puis, cinq jours après, elle revient et demande à échanger le médaillon contre un bracelet valant à peine huit roubles. Je refuse, cela va sans dire. Il est probable qu'à ce moment elle vit quelque chose dans les yeux de ma femme, car elle vint en mon absence et l'échange se fit.

Je le sus le jour même : je parlai avec fermeté et j'employai le raisonnement. Elle était assise sur le lit, pendant mes représentations, elle regardait le plancher et y battait la mesure du bout du pied, geste qui lui était habituel ; son mauvais sourire errait sur ses lèvres. Je déclarai alors froidement, sans élever la voix, que l'argent était à moi, que j'avais le droit de voir la vie à ma façon. Je rappelai que le jour où je l'avais introduite dans mon existence, je ne lui avais rien caché.

Elle sauta brusquement sur ses pieds, toute tremblante et, imaginez-vous, dans sa fureur contre moi, elle se mit à trépigner. Une bête féroce. Un accès. Une bête féroce prise d'accès. L'étonnement me figea sur place. Je ne m'attendais pas à une telle incartade. Je ne perdis pas la tête et, derechef, d'une voix calme, je l'avertis que je lui retirais le droit de se mêler de ma maison. Elle me rit au nez, et quitta l'appartement. Elle n'avait pas le droit de sortir de chez moi, et d'aller sans moi nulle part. C'était un point convenu entre nous dès nos fiançailles. Je fermai mon bureau et m'en fus chez les tantes. J'avais rompu toutes relations avec elles depuis mon mariage ; nous n'allions pas chez elles, elles ne venaient pas chez moi. Il se trouva qu'elle était venue avant moi chez les tantes. Elles m'écoutèrent curieusement, se mirent à rire et me dirent : « C'est bien fait ». Je m'attendais à leurs railleries. J'achetai aussitôt pour cent roubles, vingt-cinq comptant, les bons offices de la plus jeune des tantes. Deux jours après, cette femme arrive chez moi et me dit : « Un officier, nommé Efimovitch, votre ancien camarade de régiment, est mêlé à tout ceci. » Je fus très étonné. Cet Efimovitch était l'homme qui m'avait fait le plus de mal dans l'armée. Un mois auparavant, sans aucune honte, il était venu deux fois à la maison, sous prétexte d'engager. Je me rappelai que, lors de ces visites, il s'était mis à rire avec elle. Je m'étais alors montré et, en raison de nos anciennes relations, je lui avais interdit de remettre les pieds chez moi. Je n'y avais rien vu de plus, je n'y avais vu que l'impudence de l'homme. Et la tante m'informe qu'ils ont déjà pris rendez-vous et que c'est une de ses amies, Julia Samsonovna, veuve d'un colonel, qui s'entremet. « C'est chez elle que va votre femme ».

J'abrège l'histoire. Cette affaire m'a coûté trois cents roubles. En quarante-huit heures nous conclûmes un marché par lequel il était entendu qu'on me cacherait dans une chambre voisine, derrière une porte, et que, le jour du premier rendez-vous, j'assisterais à l'entretien de ma femme et d'Efimovitch. La veille de ce jour-là, il y eût entre nous une scène courte, mais très significative pour moi. Elle rentra le soir, s'assit sur le lit, et me regarda ironiquement en battant la mesure avec son pied sur le tapis. L'idée me vint subitement que, dans ces derniers quinze jours, elle était entièrement hors de son caractère, on peut même dire que son caractère semblait retourné comme un gant : j'avais devant moi un être emporté, agressif, je ne veux pas dire éhonté, mais déséquilibré et assoiffé de désordre. Sa douceur naturelle la retenait pourtant encore. Quand une semblable nature arrive à la révolte, même si elle dépasse toute mesure, on sent bien l'effort chez elle, l'on sent qu'elle a de la peine à avoir raison de son honnêteté, de sa pudeur. Et c'est pour cela que de telles natures vont plus loin qu'il n'est permis, et qu'on n'en peut croire ses yeux en les voyant agir. Un être dépravé par habitude ira toujours plus doucement. Il fera pis, mais, grâce à la tenue et au respect des convenances, il aura la prétention de vous en imposer.

– Est-il vrai qu'on vous ait chassé du régiment, parce que vous avez eu peur de vous battre, me demanda-t-elle à brûle-pourpoint ? Et ses yeux étincelèrent.

– C'est vrai ; par décision de la réunion des officiers on m'a demandé ma démission que, d'ailleurs, j'étais déjà résolu à donner :

– On vous a chassé comme un lâche ?

– Oui, ils m'ont jugé lâche. Mais ce n'est pas par lâcheté que j'ai refusé de me battre ; c'est parce que je ne voulais pas obéir à des injonctions tyranniques et demander satisfaction quand je ne me sentais pas offensé. Sachez, ne pus-je m'empêcher d'ajouter, sachez que l'action de s'insurger contre une telle tyrannie, et en subir toutes les conséquences, demande plus de courage que n'importe quel duel.

Je n'ai pu retenir cette phrase, par où je me justifiais. Elle n'attendait que cela, elle n'espérait que cette nouvelle humiliation. Elle se mit à ricaner méchamment.

– Est-il vrai que pendant trois ans vous ayez battu les rues de Saint Pétersbourg en mendiant des kopecks, et que vous couchiez sous des billards ?

– J'ai couché aussi dans les maisons de refuge du Cennaïa. Oui, c'est vrai. Il y a eu beaucoup d'ignominie dans ma vie après ma sortie du régiment, mais point de chutes honteuses. J'étais le premier à haïr mon genre d'existence. Ce n'était qu'une défaillance de ma volonté, de mon esprit, provoquée par ma situation désespérée. C'est le passé…

– Maintenant, vous êtes un personnage, un financier ! Toujours l'allusion aux prêts sur gages. Mais j'ai pu me contenir. Je voyais qu'elle avait soif de m'humilier encore et je ne lui en ai plus fourni le prétexte. Bien à propos un client sonna et je passai dans le bureau. Une heure après, elle s'habilla tout à coup pour sortir, et, s'arrêtant devant moi, elle me dit :

– Vous ne m'aviez rien dit de tout cela avant notre mariage ? Je ne répondis pas et elle s'en alla.

Le lendemain, donc, j'étais dans cette chambre et j'écoutais derrière une porte l'arrêt de ma destinée. J'avais un revolver dans ma poche. Toute habillée, elle était assise devant une table et Efimovitch se tenait près d'elle et faisait des manières. Eh bien, il arriva, (c'est à mon honneur que je parle) il arriva ce que j'avais prévu, pressenti, sans avoir bien conscience que je le prévoyais. Je ne sais pas si je me fais comprendre.

Voilà ce qui arriva. Pendant une heure entière j'écoutai, et une heure entière j'assistai à la lutte de la plus noble des femmes avec un être léger, vicieux, stupide, à l'âme rampante. Et d'où vient, pensai-je, surpris, que cette naïve, douce et silencieuse créature sache ainsi combattre ? Le plus spirituel des auteurs de comédies de mœurs mondaines ne saurait écrire une pareille scène de raillerie innocente et de vice saintement bafoué par la vertu. Et quel éclat dans ses petites saillies, quelle finesse dans ses reparties vives, quelle vérité dans ses censures ! et en même temps quelle candeur virginale ! Ses déclarations d'amour, ses grands gestes, ses protestations la faisaient rire. Arrivé avec des intentions brutales, et n'attendant pas une semblable résistance, l'officier était écrasé. J'aurais pu croire que cette conduite masquait une simple coquetterie, la coquetterie d'une créature dépravée, mais spirituelle ; qui désirait seulement se faire valoir ; mais non ; la vérité resplendissait comme le soleil ; nul doute possible. Ce n'est que par haine fausse et violente pour moi que cette inexpérimentée avait pu se décider à accepter ce rendez-vous et, près du dénouement, ses yeux se dessillèrent. Elle n'était que troublée et cherchait seulement un moyen de m'offenser, mais, bien qu'engagée dans cette ordure, elle n'en put supporter le dérèglement. Est-ce cet être pur et sans tache en puissance d'idéal, que pouvait corrompre un Efimovitch, ou quelqu'autre de ces gandins du grand monde ? Il n'est arrivé qu'à faire rire de lui. La vérité a jailli de son âme et la colère lui a fait monter aux lèvres le sarcasme. Ce pitre, tout à fait ahuri à la fin, se tenait assis, l'air sombre, parlait par monosyllabes et je commençais à craindre qu'il ne l'outrageât point par basse vengeance. Et, disons-le encore à mon honneur, j'assistais à cette scène presque sans surprise, comme si je l'avais connue d'avance ; j'y allais comme à un spectacle ; j'y allais sans ajouter foi aux accusations, quoique j'eusse, il est vrai, un revolver. Et pouvais-je la supposer autre qu'elle même ? Pourquoi donc l'aimais-je ? Pourquoi en faisais-je cas ? Pourquoi l'avais-je épousée ? Ah certes, à ce moment, j'ai acquis la preuve bien certaine qu'elle me haïssait, mais aussi la conviction de son innocence. J'interrompis soudain la scène en ouvrant la porte. Efimovitch sursauta, je la pris par la main et je l'invitai à sortir avec moi. Efimovitch recouvra sa présence d'esprit et se mit à rire à gorge déployée :

– Ah, contre les droits sacrés de l'époux, lit-il, je ne puis rien, emmenez-là, emmenez-là ! Et souvenez-vous, me cria-t-il, que, bien qu'un galant homme ne doive point se battre avec vous, par considération pour Madame, je me tiendrai à votre disposition… si toutefois vous vous y risquiez…

– Vous entendez ? dis-je en la retenant un instant sur le seuil.

Puis, pas un mot jusqu'à la maison. Je la tenais par la main ; elle ne résistait pas, au contraire, elle paraissait stupéfiée, mais cela ne dura que jusqu'à notre arrivée au logis. Là elle s'assit sur une chaise et me regarda fixement. Elle était excessivement pâle. Cependant ses lèvres reprirent leur pli sarcastique, ses yeux leur assurance, leur froid et suprême défi. Elle s'attendait sérieusement à être tuée à coups de revolver. Silencieusement, je le sortis de ma poche et je le posai sur la table. Ses yeux allèrent du revolver à moi. (Notez que ce revolver lui était déjà connu, je le gardais tout chargé depuis l'ouverture de ma maison. À cette époque je m'étais décidé à n'avoir ni chien ni grand valet comme Mozer. Chez moi, c'est la cuisinière qui ouvre aux clients. Ceux qui exercent notre métier ne peuvent cependant se passer de défense ; j'avais donc toujours mon revolver chargé. Le premier jour de son installation chez moi, elle parut s'intéresser beaucoup à cette arme, elle me demanda de lui en expliquer le mécanisme et le maniement, je le fis, et, une fois, je dus la dissuader de tirer dans une cible. (Notez cela.) Sans m'occuper de ses attitudes fauves, je me couchai à demi habillé. J'étais très fatigué, il était près de onze heures du soir. Pendant une heure environ, elle resta à sa place, puis elle souffla la bougie et s'étendit sans se dévêtir sur le divan. C'était la première fois que nous ne couchions pas ensemble ; remarquez cela aussi…

## VI

Un terrible souvenir à présent…

Je me réveillai le matin, entre sept et huit heures, je pense. Il faisait déjà presque jour dans la chambre. Je m'éveillai parfaitement tout de suite, je repris la conscience de moi-même et j'ouvris aussitôt les yeux. Elle était près de la table et tenait dans ses mains le revolver. Elle ne voyait pas que je regardais ; elle ne savait pas que j'étais éveillé et que je regardais. Tout à coup je la vois s'approcher de moi, l'arme à la main. Je ferme vivement les yeux et je feins de dormir profondément.

Elle vient près du lit et s'arrête devant moi. J'entendais tout. Bien que le silence fût absolu, j'entendais ce silence. À ce moment se produit une légère convulsion dans mon œil, et soudain, malgré moi, irrésistiblement, mes yeux s'ouvrirent… Elle me regarda fixement ; le canon était déjà près de ma tempe, nos regards se rencontrèrent… ce ne fut qu'un éclair. Je me contraignis à refermer mes paupières et, rassemblant toutes les forces de ma volonté, je pris la résolution formelle de ne plus bouger, et de ne plus ouvrir les yeux, quoiqu'il arrivât.

Il peut se faire qu'un homme profondément endormi ouvre les yeux, qu'il soulève même un instant la tête et paraisse regarder dans la chambre, puis, un moment après, sans avoir repris : connaissance, il remet sa tête sur l'oreiller et s'endort inconscient. Quand j'avais rencontré son regard et senti l'arme près de ma tempe, j'avais reclos les paupières sans faire aucun autre mouvement, comme si j'étais dans un profond sommeil ; elle pouvait à la rigueur supposer que je dormais réellement, que je n'avais rien vu. D'autant plus qu'il était parfaitement improbable que, si j'avais vu et compris, je fermasse les yeux dans un tel moment.

Oui c'était improbable. Mais elle pouvait aussi deviner la vérité… Cette idée illumina mon entendement à l'improviste, dans la seconde même. Oh quel tourbillon de pensées, de sensations envahit, en moins d'un moment, mon esprit. Et vive l'électricité de la pensée humaine ! Dans le cas, sentais-je, où elle aurait deviné la vérité, si elle sait que je ne dors pas, ma sérénité devant la mort lui impose, et sa main peut défaillir ; en présence d'une impression nouvelle et extraordinaire, elle peut s'arrêter dans l'exécution de son dessein. On sait que les gens placés dans un endroit élevé sont attirés vers l'abîme par une force irrésistible. Je pense que beaucoup de suicides et d'accidents ont été perpétrés par le seul fait que l'arme était déjà dans la main. C'est un abîme aussi, c'est une pente de quarante cinq degrés sur laquelle il est impossible de ne pas glisser. Quelque chose vous pousse à toucher la gâchette. Mais la croyance où elle pouvait être que j'avais tout vu, que je savais tout, qu'en silence j'attendais d'elle la mort, cette croyance était de nature à la retenir sur la pente.

Le silence se prolongeait. Je sentis près de mes cheveux l'attouchement froid du fer. Vous me demanderiez si j'espérais fermement y échapper, je vous répondrais, comme devant Dieu, que je n'avais plus aucune espérance.

Peut-être une chance sur cent. Pourquoi alors attendais-je la mort ! Et moi je demanderai : que m'importait la vie, puisqu'un être qui m'était cher avait levé le fer sur moi. Je sentais de plus, de toutes les forces de mon être, qu'à cette minute, il s'agissait entre nous d'une lutte, d'un duel à mort, duel accepté par ce lâche de la veille, par ce même lâche que jadis l'on avait chassé d'un régiment ! Je sentais cela, et elle le savait si elle avait deviné que je ne dormais pas.

Peut-être tout cela n'est-il pas exact ; peut-être ne l'ai-je pas pensé alors, mais tout cela a dû être alors, sans que j'y pense, car, depuis, je n'ai fait qu'y penser toutes les heures de ma vie.

Vous me demanderez pourquoi je ne lui ai pas épargné un assassinat !

Ah ! mille fois, depuis, je me suis posé cette question, chaque fois qu'avec un froid dans le dos je me rappelais cet instant. C'est que mon âme nageait alors dans une morne désespérance. Je mourais moi-même, j'étais sur le bord de la tombe, comment aurais-je pu songer à en sauver une autre ? Et comment affirmer que j'aurais eu la volonté de sauver quelqu'un ? Qui sait ce que j'étais capable de concevoir en une pareille passe.

Cependant mon sang bouillait, le temps s'écoulait, le silence était funèbre. Elle ne quittait pas mon chevet, puis,… à un moment donné… je tressaillis d'espérance ! j'ouvris les yeux : elle avait quitté la chambre. Je me levai ; j'avais vaincu… elle était vaincue po ur toujours ! J'allai au samowar ; il était toujours dans la première pièce et c'était elle qui versait le thé ; je me mis à table et je pris en silence le verre qu'elle me tendit. Je laissai s'écouler cinq minutes avant de la regarder. Elle était affreusement pâle, plus pâle que la veille et elle me regardait. Et soudain… et soudain…. voyant que je la regardais ainsi… un sourire pâle glissa sur ses lèvres pâles, une question craintive dans ses yeux… Elle doute encore, me dis-je, elle se demande : Sait-il, ou ne sait-il pas : a-t-il vu, ou n'a-t-il pas vu ! Je détournai les yeux d'un air indifférent. Après le thé, je sortis, j'allai au marché et j'achetai un lit en fer et un paravent. De retour chez moi, je fis mettre le lit, caché par le paravent, dans la chambre à coucher. Le lit était pour elle, mais je ne lui en parlai pas. Ce lit, sans autre langage, lui fit comprendre que j'avais tout vu, que je savais tout, que je n'avais pas de doute. Pendant la nuit, je laissai le revolver sur la table, comme de coutume. Le soir elle se coucha sans mot dire dans le nouveau lit. Notre mariage était dissous : (vaincue et non pardonnée.) Pendant la nuit, elle eut le délire. Le matin, une fièvre chaude se déclara. Elle resta alitée six semaines.

## VII

Loukéria vient de me déclarer qu'elle ne reste plus à mon service et qu'elle me quittera aussitôt après l'enterrement de sa maîtresse. J'ai voulu prier une heure, j'ai dû y renoncer au bout de cinq minutes : c'est que je pense à autre chose, je suis en proie à des idées maladives ; j'ai la tête malade. Alors, pourquoi prier ? ce serait péché ! Il est étrange aussi que je ne puisse pas dormir ; au milieu des plus grands chagrins, après les premières grandes secousses, on peut toujours dormir. Les condamnés à mort dorment, dit-on, très profondément, pendant leur dernière nuit. C'est nécessaire, d'ailleurs, c'est naturel ; sans cela les forces leur feraient défaut… Je me suis couché sur ce divan, mais je n'ai pu dormir.

Pendant les six semaines qu'a duré sa maladie, nous l'avons soignée, Loukéria, une garde expérimentée de l'hôpital, dont je n'ai eu qu'à me louer, et moi. Je n'ai pas ménagé l'argent, je voulais même beaucoup dépenser pour elle ; j'ai payé à Schreder, le docteur que j'ai appelé, dix roubles par visite. Quand elle reprit connaissance, je commençai à moins me faire voir d'elle. Mais, du reste, pourquoi entré-je dans ces détails ? Quand elle fut tout à fait sur pied, elle s'installa paisiblement à l'écart, dans la chambre, à une table que je lui avais achetée… Oui, c'est vrai, tous les deux nous gardions un silence absolu… Cependant nous nous mîmes à dire quelques mots, à propos, de choses insignifiantes. Moi, certes, j'avais soin de ne pas m'étendre, et je voyais que de son côté elle ne demandait qu'à ne dire que le strict nécessaire. Cela me semblait très naturel. « Elle est trop troublée, trop abattue, pensais-je, et il faut lui laisser le temps d'oublier, de se faire à sa situation. » De la sorte, nous nous taisions, mais à chaque instant je préparais mon attitude à venir. Je croyais qu'elle en faisait autant et c'était terriblement intéressant pour moi de deviner : à quoi pense-t-elle au moment présent ?

Je dois le répéter : personne ne sait ce que j'ai souffert et pleuré pendant sa maladie. Mais j'ai pleuré pour moi seul et, ces sanglots, je les ai cachés dans mon cœur, même devant Loukéria. Je ne pouvais m'imaginer, je ne pouvais supposer qu'elle dût mourir sans avoir rien appris. Et quand le danger eut disparu, quand elle eut recouvré la santé, je me rappelle que je me suis tout à fait et très vite tranquillisé. Bien plus je résolus alors de remettre l'organisation de notre avenir à l'époque la plus éloignée possible et de laisser provisoirement tout en l'état. Oui, il m'arriva quelque chose d'étrange, de particulier (je ne puis le définir autrement) : j'avais vaincu, et la seule conscience de ce fait me suffisait parfaitement. C'est ainsi que se passa tout l'hiver. Oh ! pendant tout cet hiver, j'étais satisfait comme je ne l'avais jamais été !

Voyez-vous, une terrible circonstance a influé sur ma vie, jusqu'au moment de mon horrible aventure avec ma femme : ce qui m'oppressait chaque jour, chaque heure, c'était la perte de ma réputation, ma sortie du régiment. C'était la tyrannique injustice qui m'avait atteint. Il est vrai que mes camarades ne m'aimaient pas à cause de mon caractère taciturne et peut-être ridicule ; il arrive toujours que tout ce qui est en nous de noblesse, de secrète élévation, est trouvé ridicule par la foule des camarades. Personne ne m'a jamais aimé, même à l'école. Partout et toujours on m'a détesté. Loukéria aussi ne pouvait me sentir. Au régiment, toutefois, un hasard avait été la seule cause de l'aversion que j'inspirais ; cette aversion avait tous les caractères d'une chose de hasard. Je le dis pour montrer que rien n'est plus offensant ; de moins supportable que d'être perdu par un hasard, par un fait qui aurait pu ne pas se produire, par le résultat d'un malheureux concours de circonstances qui auraient pu passer comme les nuages ; pour un être intelligent, c'est dégradant. Voilà ce qui m'était arrivé :

Au théâtre, pendant un entr'acte, j'étais sorti de ma place pour aller au buffet. Un certain officier de hussards, nommé A…ff, entra tout à coup et à haute voix, devant tous les officiers présents, se mit à raconter que le capitaine Bezoumtseff, de mon régiment, avait fait du scandale dans le corridor, et « qu'il paraissait être, saoul ». Là conversation ne continua pas sur ce sujet, malheureusement, car il n'était pas vrai que le capitaine Bezoumtseff fût ivre ; et le prétendu scandale n'en était pas un. Les officiers parlèrent d'autre chose et tout en resta là, mais, le lendemain, l'histoire courut le régiment et on dit que je m'étais trouvé seul de mon régiment au buffet quand A…ff avait parlé inconsidérément du capitaine Bezoumtseff, et que j'avais négligé d'arrêter A…ff par une observation. À quel propos l'aurais-je fait ? S'il y avait quelque chose de personnel entre Bezoumtseff et lui, c'était affaire à eux deux et je n'avais pas à m'en mêler. Cependant les officiers opinèrent que cette affaire n'était pas privée, qu'elle intéressait l'honneur du corps, et que, comme j'étais seul du régiment à ce buffet, j'avais montré aux officiers des autres régiments et au public alors présent qu'il pouvait y avoir dans notre régiment certains officiers peu chatouilleux à l'endroit de leur honneur et de celui du corps. Moi, je ne pouvais pas admettre cette interprétation. On me fit savoir qu'il m'était encore possible de tout réparer, si je consentais, quoi qu'il fût bien tard, à demander à A… ff des explications formelles. Je refusai et, comme j'étais très monté, je refusai avec hauteur. Je donnai aussitôt ma démission et voilà toute l'histoire. Je me retirai, fièrement, et cependant au fond j'étais très abattu. Je perdis toute force de volonté, toute intelligence. Justement à cette époque mon beau-frère perdit à Moscou tout son avoir et le mien avec. C'était peu de chose, mais cette perte me jeta sans un kopeck sur le pavé. J'aurais pu prendre un emploi civil, mais je ne le voulus pas. Après avoir porté un uniforme étincelant, je ne pouvais pas me montrer quelque part comme employé de chemin de fer. Alors honte pour honte, opprobre pour opprobre, je préférai tomber tout à fait bas ; le plus bas me sembla le meilleur, et je choisis le plus bas.

Et puis trois ans de souvenirs sombres et même la maison de refuge. Il y a dix-huit mois mourut à Moscou une riche vieille, qui était ma marraine, et qui me coucha, entre autres, dans son testament, sans que je m'y attendisse, pour la somme de trois mille roubles. Je fis mes réflexions et sur l'heure mon avenir fut décidé. J'optai pour la caisse de prêts sur gages, sans faire amende honorable à l'humanité : de l'argent à gagner, puis un coin à acheter, puis – une nouvelle vie loin du passé, voilà quel était mon plan. Cependant ce passé sombre, ma réputation, mon honneur perdus pour toujours, m'ont écrasé à toute heure, à tout instant. Sur ces entrefaites je me mariai. Fut-ce par hasard ou non, je ne sais. En l'amenant dans ma maison, je croyais y amener un ami : j'avais bien besoin d'un ami. Je pensais toutefois qu'il fallait former peu à peu cet ami, le parachever, l'enlever de haute lutte même. Et comment aurais-je pu rien expliquer à cette jeune femme de seize ans, prévenue contre moi ? Comment aurais-je pu, par exemple, sans la fortuite aventure du revolver, lui prouver que je ne suis pas un lâche et lui démontrer l'injustice de l'accusation de lâcheté du régiment ? L'aventure du revolver est venue à propos. En restant impassible sous la menace du revolver, j'ai vengé tout le noir passé. Et quoique personne ne l'ait su, elle, elle l'a su, et c'en était assez pour moi, car elle était tout pour moi, toute mon espérance dans le rêve de mon avenir ! C'était le seul être que j'eusse formé pour moi et je n'avais rien à faire d'un autre côté, – et voilà que si elle avait tout appris, au moins il lui était prouvé aussi que c'était injustement qu'elle s'était ralliée à mes ennemis. Cette pensée me transportait. Je ne pouvais plus être un lâche, à ses yeux, mais seulement un homme étrange, et cette opinion chez elle, alors même, après tout ce qui s'était passé, ne me déplaisait point : étrangeté n'est pas vice, quelquefois, au contraire, elle séduit les caractères féminins. En un mot je remettais le dénouement à plus tard. Ce qui était arrivé suffisait pour assurer ma tranquillité et contenait assez de visions et de matériaux pour mes rêves. Voilà où se révèlent tous les inconvénients de ma faculté de rêve : pour moi les matériaux étaient en suffisante quantité, et pour elle, pensais-je, elle attendra.

Ainsi se passa tout l'hiver dans l'attente de quelque chose. J'aimais à la regarder furtivement quand elle était assise à sa table. Elle s'occupait de racommodages et, le soir, elle passait souvent son temps à lire des ouvrages qu'elle prenait dans ma bibliothèque. Le choix des livres qu'elle faisait dans ma bibliothèque témoignait aussi en ma faveur. Elle ne sortait presque jamais. Le soir, après dîner, je la menais tous les jours se promener et nous faisions un tour, nous gardions pendant ces promenades le plus absolu silence, comme toujours. J'essayais cependant de n'avoir pas l'air de ne rien dire et d'être comme en bonne intelligence, mais, comme je l'ai dit, nous n'avions pas pour cela de longues conversations. Chez moi, c'était volontaire, car je pensais qu'il fallait lui laisser le temps. Chose certainement étrange : presque pendant tout l'hiver je n'ai pas fait cette observation que, tandis que moi je me plaisais à la regarder à la dérobée, elle, je ne l'avais pas surprise une seule fois me regardant ! Je croyais à de la timidité de sa part. De plus elle semblait si douce dans cette timidité, si faible après sa maladie…

Non, pensais-je, il vaut mieux attendre, et… « et un beau jour elle reviendra à toi d'elle-même. »

Cette pensée me plongeait dans des ravissements ineffables. J'ajouterai une chose : quelquefois, comme à plaisir, je me montais l'imagination et artificiellement j'amenais mon esprit et mon âme au point de me persuader que je la détestais en quelque sorte. Il en fut ainsi quelque temps, mais ma haine ne put jamais mûrir, ni subsister en moi, et je sentais moi-même que cette haine n'était qu'une manière de feinte. Et même alors, quoique la rupture de notre union eût été parfaite par suite de l'acquisition du lit et du paravent, jamais, jamais je ne pus voir en elle une criminelle. Ce n'est pas que je jugeasse légèrement son crime, mais je voulais pardonner, dès le premier jour, même avant d'acheter ce lit. Le fait est extraordinaire chez moi, car je suis sévère sur la morale. Au contraire elle était, à mes yeux, si vaincue, si humiliée, si écrasée, que parfois j'avais grand pitié d'elle, quoique, après tout, l'idée de son humiliation me satisfît beaucoup. C'est l'idée de notre inégalité qui me souriait.

Il m'arriva cet hiver là de faire quelques bonnes actions avec intention. J'abandonnai deux créances et je prêtai sans gage à une pauvre femme. Et je n'en parlai pas à ma femme, je ne l'avais pas fait pour qu'elle le sût. Mais la bonne femme vint me remercier et se mit presque à mes genoux. C'est ainsi que le fait fut connu et il me sembla que ma femme l'apprit avec plaisir.

Cependant le printemps avançait, nous étions au milieu d'avril ; on avait enlevé les doubles fenêtres et le soleil mettait des nappes lumineuses dans le silence de nos chambres. Mais j'avais un bandeau sur les yeux, un bandeau qui m'aveuglait. Le fatal, le terrible bandeau ! Comment se lit-il qu'il tomba tout-à-coup et que je vis tout clairement et compris tout ? Fût-ce un hasard, ou bien le temps était-il venu ? Fut-ce un rayon de soleil de ce printemps qui éveilla en mon âme endormie la conjecture ? Un frisson passa un jour dans mes veines inertes, elles commencèrent à vibrer, à revivre pour secouer mon engourdissement et susciter mon diabolique orgueil. Je sursautai soudain sur place. Cela se fit tout à coup, d'ailleurs, à l'improviste. C'était un soir après dîner, vers cinq heures…

## VIII

Avant tout, deux mots : Un mois auparavant, je fus frappé de son air étrange et pensif. Ce n'était que du silence, mais un silence pensif. Cette remarque fut soudaine aussi chez moi. Elle travaillait alors, courbée sur sa couture et ne voyait pas que je la regardais. Et je fus frappé alors de sa maigreur, de sa minceur, de la pâleur de son visage, de la blancheur de ses lèvres. Tout cela, son air pensif, me fit beaucoup d'effet. J'avais déjà remarqué chez elle une petite toux sèche, la nuit surtout. Je me levai sur le champ et j'allai chercher Schreder sans lui rien dire.

Shreder vint le lendemain. Elle fut fort surprise et se mit à regarder alternativement Shreder et moi.

– Mais, je ne suis pas malade, dit-elle avec un vague sourire.

Shreder ne parut pas prêter à cela grande attention (ces médecins ont quelquefois une légèreté pleine de morgue) ; il se borna à me dire, arrivé dans la pièce voisine, que c'était un reste de sa maladie et qu'il ne serait pas m auvais d'aller cet été à la mer, ou, si nous ne le pouvions pas, à la campagne. Enfin il ne dit rien, sinon qu'il y avait un peu de faiblesse ou quelque chose comme ça. Quand Shreder fut parti, elle me dit d'un air très sérieux :

– Mais, je me sens tout à fait, tout à fait bien portante.

Cependant, en disant cela ; elle rougit, comme si elle était honteuse. De la honte, oui. Oh ! maintenant, je comprends ; elle avait honte de voir en moi un mari, qui se souciait encore d'elle, comme un vrai mari. Mais je ne compris pas alors et j'attribuai cette rougeur à sa timidité. Le bandeau !

Or donc, un mois : après, vers cinq heures, dans une journée ensoleillée du mois d'avril, j'étais assis près de la caisse, et je finissais mes comptés. Tout à coup, je l'entends dans la chambre voisine, où elle était assise à sa table de travail, se mettre doucement à chanter.

Une pareille nouveauté me fit la plus vive impression et, aujourd'hui encore, je ne me rends pas bien compte du fait. Jusqu'à ce moment, je ne l'avais jamais entendue chanter. Si, peut-être, cependant, les premiers jours de son installation chez moi, quand nous étions encore d'humeur à nous amuser à tirer à la cible avec le revolver. Sa voix était à cette époque assez forte et sonore, un peu fausse, et cependant agréable et disant la santé. Et maintenant elle chantait d'une voix si faible… Ce n'est pas que la chanson fût trop triste, c'était une romance quelconque, mais il y avait dans sa voix quelque chose de brisé, de cassé ; on eût dit qu'elle ne pouvait surmonter ce qui l'empêchait de sortir, on eût dit que c'était la chanson qui était malade. Elle chantait à mi-voix et tout à coup le son s'interrompit en s'élevant. Cette petite voix si pauvre s'arrêta comme une plainte. Elle toussotta et de nouveau, doucement, doucement, ténu, ténu, elle se reprit à chanter…

Mes émotions prêtent à rire, on ne comprend pas les raisons de mon émotion ? Je ne la plaignais pas, c'était quelque chose de tout différent. D'abord, au moins au premier moment, je fus pris d'un étonnement étrange, effrayant, maladif et presque vindicatifs Elle chante, et devant moi encore ! A-t-elle oublié ? Qu'est-ce donc ? » Je restai tout bouleversé, puis je me levai, je pris mon chapeau et je sortis sans songer à ce que je faisais, probablement parce que Loukéria m'avait apporté mon pardessus.

– Elle chante ! dis-je involontairement à Loukéria. Cette fille ne comprit pas et me regarda d'un air ahuri. J'étais effectivement incompréhensible.

– Est-ce que c'est la première fois qu'elle chante ?

– Non, elle chante quelquefois quand vous n'êtes pas là, répondit Loukéria.

Je me rappelle tout. Je m'avançai sur le palier, puis dans la rue, où je me mis à marcher sans savoir où j'allais. Je m'arrêtai au bout de la rue et je regardai devant moi. Des gens passaient, me bousculaient : je ne sentais rien. J'appelai une voiture et je me fis mener jusqu'au pont de la Police, sans savoir pourquoi. Puis je quittai la voiture brusquement en donnant vingt kopecks au cocher.

– Voilà pour ton dérangement, lui dis-je en riant d'un rire stupide. Mais je sentis en mon âme un transport soudain. Je retournai à la maison en hâtant le pas. Le son de la pauvre petite voix cassée me résonnait dans le cœur. La respiration me manquait. Le bandeau tombait, tombait de mes yeux. Si elle chantait ainsi en ma présence, c'est qu'elle avait oublié mon existence. Voilà ce qui était clair et terrible. C'est mon cœur qui sentait cela. Mais ce transport éclairait mon âme et surmontait ma terreur.

Ô ironie du sort ! Il n'y avait et ne pouvait y avoir en moi, durant cet hiver, quelque autre chose que ce transport, mais, moi-même, où étais-je tout cet hiver ? Étais-je auprès de mon âme ?

Je montai vivement l'escalier et je ne sais pas si je ne suis pas entré avec timidité. Je me rappelle seulement qu'il me sembla que le plancher oscillait et que je marchais sur la surface de l'eau d'une rivière. Je pénétrai dans la chambre. Elle était toujours assise à sa place, cousant la tête baissée, mais elle ne chantait plus. Elle me jeta un regard rapide et inattentif. Ce n'était pas un regard, mais un mouvement machinal et indifférent, comme on en a toujours à l'entrée d'une personne quelconque dans une pièce.

J'allai à elle tout droit et je me jetai sur une chaise comme un fou, tout à fait près d'elle. Je lui pris la main et je me rappelle lui avoir dit quelque chose… c'est-à-dire avoir voulu lui dire quelque chose, car je ne pouvais articuler nettement. Ma voix me trahissait, s'arrêtait dans mon gosier. Je ne savais que dire, la respiration me manquait.

– Causons… tu sais… dis quelque chose, bégayai-je tout à coup stupidement. Peu m'importait l'intelligence en ce moment. Elle tressaillit de nouveau et recula tout effarée en me regardant en face. Mais soudain un étonnement sévère se marqua dans ses yeux. Oui, de l'étonnement, de la sévérité et de grands yeux. Cette sévérité, cet étonnement sévère m'attirèrent : « Alors c'est de l'amour, de l'amour encore » ? disait cet étonnement sans paroles.

Je lisais clairement en elle. Tout était bouleversé en moi. Je m'affaissai à ses pieds. Oui, je suis tombé à ses pieds. Elle se leva vivement, je la retins par les deux mains avec une force surhumaine.

Et je comprenais parfaitement ma situation désespérée, oh, je la comprenais ! Croiriez-vous cependant que tout bouillonnait en moi avec une telle force que je crus mourir ? J'embrassais ses pieds dans un accès d'ivresse bienheureuse, ou dans un bonheur sans fin, sans bornes, mais conscient de ma situation désespérée. Je pleurais, je disais des mots sans suite, je ne pouvais pas parler. La frayeur et l'étonnement furent remplacés, sur ses traits, par une pensée soucieuse, pleine d'interrogations et son regard était étrange, sauvage même, comme si elle se hâtait de comprendre quelque chose. Puis elle sourit. Elle marquait beaucoup de honte de me voir embrasser ses pieds, elle les retira. Je baisai aussitôt la terre à la place qu'ils quittaient. Elle le vit et commença à rire de honte (Vous savez, quand on rit de honte ?) Survint une crise d'hystérie ; je m'en aperçus à ses mains qui se mirent à trembler convulsivement. Je n'y fis pas attention et je continuai à balbutier que je l'aimais, que je ne me relèverais pas : « Donne que je baise ta robe, je resterais toute ma vie à genoux devant toi… »

Je ne sais plus… je ne me rappelle pas, elle se mit à trembler, à sangloter. Un terrible accès d'hystérie se déclara. Je lui avais fait peur.

Je la portai sur son lit. Quand l'accès fut passé, je m'assis sur son lit. Elle, l'air très abattu, me prit les mains et me pria de me calmer : « Allons, ne vous tourmentez pas, calmez-vous ». Elle se reprit à pleurer. Je ne la quittai pas de toute la soirée. Je lui disais que je la mènerais aux bains de mer de Boulogne, tout de suite, dans quinze jours, que sa voix était brisée, que je l'avais bien entendu tout à l'heure, que je fermerais ma maison, que je la vendrais à Dobrourawoff, que nous commencerions une vie nouvelle, et à Boulogne, à Boulogne !

Elle écoutait, toujours craintive. Elle était de plus en plus effarée. Le principal pour moi n'était pas dans tout cela ; ce qu'il me fallait surtout, c'était rester à toute force à ses pieds, et baiser, baiser encore le sol où elle avait marché, me prosterner devant elle ! « Et je ne demanderai rien, rien de plus, répétais-je à chaque minute. Ne me réponds rien ! ne fais pas attention à moi. Permets-moi seulement de rester dans un coin à te regarder, à te regarder seulement. Fais de moi une chose à toi, ton chien… »

Elle pleurait…

– Moi qui espérais que vous me laisseriez vivre, comme cela ! fit-elle tout à coup malgré, elle, si malgré elle que peut-être elle ne s'aperçut pas qu'elle l'avait dit. Et pourtant c'était un mot capital, fatal, compréhensible au plus haut degré pour moi, dans cette soirée ! Ce fut comme un coup de couteau dans mon cœur ! Ce mot m'expliquait tout, et cependant elle était près de moi et j'espérais de toutes mes forces, j'étais très heureux. Oh je la fatiguai beaucoup, cette soirée-là, je m'en aperçus, mais j'espérais pouvoir tout changer à l'instant. Enfin, à la tombée de la nuit, elle s'affaiblit tout à fait et je lui persuadai de s'endormir, ce qu'elle fit aussitôt profondément.

Je m'attendais à du délire ; il y en eut en effet, mais peu. Toute la nuit je me levai, presque à chaque minute, et je m'approchai doucement d'elle pour la contempler. Je me tordais les mains en voyant cet être maladif sur ce pauvre lit de fer qui m'avait coûté trois roubles. Je me mettais à genoux sans oser baiser les pieds de l'endormie, contre sa volonté ; je commençais une prière, puis je me levais aussitôt. Loukéria m'observait et sortait constamment de sa cuisine : j'allai la trouver et je lui dis d'aller se coucher, que le lendemain nous commencerions une nouvelle existence.

Et je le croyais aveuglément, follement, excessivement ! Oh ! cet enthousiasme, cet enthousiasme qui m'emplissait ! J'attendais seulement le lendemain. L'important était que je ne prévoyais aucun malheur malgré tous ces symptômes. Malgré le bandeau tombé, je n'avais pas de la situation une conscience entière, et longtemps, longtemps encore cette conscience me fit défaut ; jusqu'à aujourd'hui, jusqu'à aujourd'hui même !! Et comment ma présence d'esprit pouvait-elle me revenir tout entière à ce moment-là : elle vivait encore à ce moment-là, elle était ici, devant moi, vivante, et moi devant elle. « Demain, pensais-je, elle s'éveillera, je lui dirai tout et elle comprendra tout. » Voilà mes réflexions d'alors, simples, claires, qui causaient mon enthousiasme !

La grosse affaire c'était le voyage à Boulogne. Je ne sais pas pourquoi, mais je croyais que Boulogne était tout, que Boulogne donnerait quelque chose de définitif. « À Boulogne, à Boulogne ! »... J'attendais fébrilement le matin.

## IX

Et il y a seulement quelques jours que c'est arrivé : cinq jours, seulement cinq jours. Mardi dernier ! Non, non, si elle avait attendu encore un peu de temps, un rien de temps… j'aurais dissipé toute obscurité ! Ne s'était-elle pas tranquillisée déjà ? Le lendemain même elle me regardait avec un sourire, malgré ma confusion… L'important, c'est que pendant tout ce temps, pendant ces cinq jours, il y avait chez elle un certain embarras, une certaine honte. Elle avait peur aussi, elle avait très peur. J'admets le fait et je ne me contredirai pas comme un fou, cette peur existait et comment n'aurait-elle pas existé ? Il y avait déjà si longtemps que nous étions éloignés l'un de l'autre, si séparés l'un de l'autre et, tout à coup, tout cela… Mais je ne prenais pas garde à sa frayeur, une espérance nouvelle luisait à mes yeux !… Il est vrai, indubitablement vrai, que j'ai commis une faute. Il est même probable que j'en ai commis plusieurs. Quand nous nous sommes réveillés, dès le matin (c'était mercredi) j'ai commis une faute : je l'ai considérée tout de suite comme mon amie. C'était aller trop vite, beaucoup trop vite, mais j'avais besoin de me confesser, un besoin impérieux, il me fallait même plus qu'une confession ! J'allai si loin que je lui avouai des choses que je m'étais caché à moi-même toute ma vie. Je lui avouai aussi sans détour que tout cet hiver je n'avais pas douté de son amour pour moi. Je lui expliquai que l'établissement de ma maison de prêt n'avait été qu'une défaillance de ma volonté et de mon esprit, une œuvre à la fois de mortification et de vaine gloire. Je lui confessai que la scène du buffet du théâtre n'avait été qu'une lâcheté de mon caractère, de mon esprit défiant : c'était le décor de ce buffet qui m'avait impressionné. Voilà ce que je m'étais dit : « Comment en sortirai-je ? Ma sortie ne sera-t-elle pas ridicule ? » J'avais eu peur non pas d'un duel, mais du ridicule… Ensuite je n'avais plus voulu en démordre. J'avais tourmenté tout le monde, depuis lors, à cause de cela, je ne l'avais épousée que pour la torturer.

En général je parlais presque constamment, comme dans le délire. Elle, elle me prenait les mains et me priait de m'arrêter : « Vous exagérez, disait-elle ; vous vous faites du mal. » Et ses larmes se reprenaient à couler presque par torrents ! Elle me priait toujours de ne pas continuer, de ne pas rappeler ces souvenirs.

Je ne faisais pas attention à ces prières, ou du moins pas assez attention : le printemps ! Boulogne ! Là le soleil, là notre nouveau soleil, c'est cela que je répétais sans cesse ! Je fermai ma maison, je passai mes affaires à Debrourawoff, j'allai même subitement jusqu'à lui proposer de tout donner aux pauvres, hormis les trois mille roubles héritées de ma marraine, avec lesquelles nous serions allés à Boulogne. Et puis, en revenant, nous aurions commencé une nouvelle vie de travail. Cela me parut entendu, car elle ne me répondit rien… elle sourit seulement. Je crois qu'elle avait souri par délicatesse, pour ne pas me chagriner. Je voyais, en effet, que je lui étais à charge ; ne croyez pas que j'étais assez sot, assez égoïste pour ne pas m'en apercevoir. Je voyais tout, jusqu'aux plus petits faits, je voyais, je savais mieux que personne ; tout mon désespoir s'étendait devant moi !

Je lui racontais constamment des détails sur elle et sur moi et aussi sur Loukérïa. Je lui racontais que j'avais pleuré… Oh ! je changeais de conversation, je tâchais aussi de ne pas trop comprendre certaines choses. Elle, elle s'animait quelquefois, une ou deux fois elle s'est animée, je me le rappelle ! Pourquoi prétendre que je ne regardais, que je ne voyais rien ? Si seulement cela n'était pas arrivé, tout se serait arrangé. Mais, elle-même, ne me racontait-elle pas, il y a trois jours, quand nous avons parlé de ses lectures, de ce qu'elle avait lu pendant l'hiver, ne riait-elle pas en me racontant la scène de Gil Blas et de l'archevêque de Grenade ? Et quel rire d'enfant, charmant, comme jadis lorsqu'elle était encore ma fiancée ! (Un moment encore, un moment !) Comme je me réjouissais ! Il m'étonnait beaucoup, d'ailleurs, l'incident à propos de l'archevêque : elle avait donc gardé pendant l'hiver assez de présence d'esprit et de bonne humeur pour rire à la lecture de ce chef-d'œuvre. Elle commençait à se tranquilliser complètement, à croire sérieusement que je la laisserais vivre comme cela : « Moi qui espérais que vous me laisseriez vivre comme cela » voilà ce qu'elle m'avait dit le mardi ! Oh quelle pensée d'enfant de dix ans ! Et elle croyait qu'en effet je la laisserais vivre comme cela : elle à sa table, moi à mon bureau, et ainsi de suite jusqu'à soixante ans. Et voilà tout à coup que je viens en mari, et il faut de l'amour au mari ! Malentendu ! Aveuglement !

J'avais le tort aussi de trop m'extasier en la regardant. J'aurais dû me contenir, car mes transports lui faisaient peur. Je me contenais, d'ailleurs, je ne lui baisais plus les pieds. Je n'ai pas une seule fois eu l'air de… enfin de lui faire voir que j'étais son mari. Cela ne me serait pas même venu à l'idée, je priais seulement ! Je ne pouvais pas ne rien dire absolument, me taire ! Je lui ai ouvert soudain tout mon cœur, en lui disant que sa conversation me ravissait, qu'elle était incomparablement plus instruite et plus développée que moi. Elle rougit beaucoup et, toute confuse, elle prétendit encore que j'exagérais. Alors, par bêtise, sans pouvoir me contenir, je lui dépeignis mon ravissement quand, derrière la porte, j'avais assisté à la lutte de son innocence aux prises avec ce drôle, combien son esprit, l'éclat de ses saillies, et tout à la fois sa naïveté enfantine m'avaient enchanté. Elle tressaillit, de la tête aux pieds et balbutia encore que j'exagérais. Mais soudainement son visage s'assombrit, elle cacha sa tête dans ses mains et se mit à pleurer, à chaudes larmes…

Alors je ne pus moi-même me contenir : je tombai une fois de plus à ses pieds, je baisai encore ses pieds et tout finit par une crise d'hystérie, comme le mardi précédent. C'était bien pire et, le lendemain…

Le lendemain ! Fou que je suis ! ce lendemain, c'est aujourd'hui, tout à l'heure !

Écoutez et suivez-moi bien : Quand nous nous sommes réunis pour prendre le thé (après l'accès que je viens de dire), sa tranquillité m'a frappé. Elle était tranquille ! Et moi, toute la nuit, j'avais frissonné de terreur en songeant aux rêves de la veille. Voilà, que tout à coup elle s'approche de moi, se place devant moi, joint les mains (c'était tout à l'heure !) et parle. Elle dit qu'elle est une criminelle, qu'elle le sait, que l'idée de son crime l'a torturée, tout l'hiver et la torture encore... qu'elle apprécie ma générosité... « Je serai pour vous une femme fidèle et je vous estimerai ». Ici je me dressai, et, comme un fou, je la pris dans mes bras ! Je l'embrassai, je couvris son visage et ses lèvres de baisers, comme un homme qui vient de retrouver sa femme après une longue absence. Et pourquoi l'ai-je quittée tout à l'heure ? Pendant deux heures ? C'était pour nos passeports... Oh mon Dieu ! Si j'étais rentré cinq minutes plus tôt seulement, rien que cinq minutes….. Et cette foule à la porte cochère, tous ces yeux fixés sur moi... Oh mon Dieu !...

Loukérïa (oh ! maintenant je ne la laisserai pas partir, Loukérïa, pour rien au monde ; elle a été là tout l'hiver, elle pourra me raconter…..). Loukérïa dit que, quand j'ai eu quitté la maison et seulement une vingtaine de minutes avant mon retour, elle est entrée chez sa maîtresse pour lui demander quelque chose, je crois. Elle a remarqué que son image de la Vierge (l'image en question) avait été déplacée et posée, sur la table, comme si sa maîtresse venait de faire, sa prière.

– Qu'avez-vous ? maîtresse.

– Rien, Loukérïa ; va-t-en... Attends, Loukérïa.

Elle s'approcha d'elle et l'embrassa.

– Êtes-vous heureuse, maîtresse ?

– Oui, Loukérïa.

– Le maître aurait dû venir depuis longtemps vous demander pardon, maîtresse ; Vous êtes réconciliés : que Dieu soit loué.

– C'est bien, Loukéria. – Va, Loukéria.

Et elle sourit d'un air étrange. Si étrange que Loukéria revint dix minutes après pour voir ce qu'elle faisait :

« Elle se tenait contre le mur, près de la fenêtre, la tête appuyée sur sa main collée au mur. Elle restait comme cela pensive. Elle était si absorbée qu'elle ne m'avait pas entendue m'approcher et la regarder de l'autre pièce. Je la vois faire comme si elle souriait. Elle restait debout, en ayant l'air de réfléchir, et elle souriait. Je lui jette un dernier coup d'œil et je m'en vais sans faire de bruit, en pensant à ça. Mais voilà que j'entends tout à coup ouvrir la fenêtre. J'accours aussitôt et je lui dis : Il fait frais, maîtresse, vous allez prendre froid. Mais voilà que je l'aperçois debout sur la fenêtre, debout de toute sa longueur sur la fenêtre ouverte. Elle me tournait le dos et tenait à la main l'image de la Vierge. Le cœur me tourne et je crie : Maîtresse ! maîtresse ! Elle entend, elle fait le geste de retourner vers la chambre, mais elle ne se retourne pas, elle fait un pas en avant, serre l'image contre sa poitrine et se jette ! »

Je me rappelle seulement qu'elle était encore toute chaude quand je suis arrivé à la porte cochère. Et tout le monde me regardait. Tous parlaient avant mon arrivée ; on se tut en me voyant et on se rangea pour me laisser passer et… elle était étendue à terre avec son image. Je me rappelle comme une ombre à travers laquelle je me suis avancé, et j'ai regardé longtemps. Et tout le monde m'entourait et me parlait sans que j'entendisse. Loukéria était là, mais je ne la voyais pas ; Elle m'a dit m'avoir parlé. Je vois seulement encore la figure d'un bourgeois qui me répétait sans cesse : « Il lui est sorti de la bouche une boule de sang, Monsieur, une boule de s ang ! » et il me montrait le sang sur le pavé, à la place. Il me semble avoir touché le sang avec le doigt. Cela fit une tache sur mon doigt, que je regardai. Cela, je me le rappelle. Et le bourgeois me disait toujours : « Une boule de sang, Monsieur, une boule de sang… »

– Quoi, une boule de sang ! criai-je, dit-on, de toutes mes forces et je me jetai sur lui les mains levées…

Oh sauvage ! sauvage !… Malentendu ! invraisemblance ! impossibilité !

## X

N'est-il pas vrai ? N'est-ce point invraisemblable ? – Ne peut-on dire que c'est impossible ? Pourquoi, pour quelle raison cette femme est-elle morte ?

Croyez-moi, je comprends, mais cependant le pourquoi de sa mort est tout de même une question. Elle a eu peur de : mon amour. Elle s'est sérieusement demandé : Faut-il accepter cette vie, ou non ? Elle n'a pu se décider, elle a mieux aimé mourir. Je sais, je sais qu'il n'y a pas tant à chercher : elle m'avait trop promis, elle a eu peur de ne pas pouvoir tenir. Il y a eu plusieurs circonstances tout à fait terribles.

Pourquoi est-elle morte ? voilà la question toujours, la question qui me brise le cerveau. Je l'aurais laissée vivre comme cela, comme elle disait, si elle avait voulu vivre comme cela. Elle ne l'a pas cru, voilà le fait… Non, non, je me trompe, ce n'est pas cela. C'est probablement parce que, moi, il fallait m'aimer, honnêtement, avec son âme, et non comme elle aurait pu aimer l'épicier. Et comme elle était trop chaste, trop pure pour consentir à ne me donner qu'un amour digne de l'épicier, elle n'a pas voulu me tromper. Elle n'a pas voulu me tromper en me donnant pour un amour, une moitié d'amour, un quart d'amour. Trop grande honnêteté ! Et moi qui voulais lui inculquer de la grandeur d'âme, vous vous souvenez ? singulière pensée.

C'est très étrange. M'estimait-elle ? Je ne sais pas. Me méprisait-elle ou non ? Je ne crois pas qu'elle me méprisât. Il est très extraordinaire qu'il ne me soit pas venu à l'idée une seule fois, pendant tout l'hiver, qu'elle pouvait me mépriser. J'ai cru le contraire très fermement jusqu'au jour où elle m'a regardé avec un étonnement sévère. Oui, sévère. C'est alors que j'ai compris à l'instant qu'elle me méprisait. Je l'ai compris irrémédiablement et pour jamais. Ah ! elle pouvait bien me mépriser toute sa vie, pourvu qu'elle eût consenti à vivre ! Tout à l'heure encore, elle marchait, elle parlait ! Je ne puis comprendre comment elle a pu se jeter par la fenêtre ! Et comment même supposer cela cinq minutes avant ? J'ai appelé Loukéria. Je ne me séparerai jamais de Loukéria maintenant.

Ah nous aurions pu nous entendre encore ! Nous nous étions seulement beaucoup deshabitués l'un de l'autre pendant cet hiver… N'aurions-nous pas pu nous accoutumer de nouveau l'un à l'autre ? Pourquoi n'aurions-nous pas pu nous reprendre d'affection l'un pour l'autre et commencer une vie nouvelle ? Moi je suis généreux, elle l'est aussi : voilà un terrain de conciliation, quelques mots de plus, deux jours de plus et elle aurait tout compris.

Ce qui est malheureux, c'est que c'est un hasard, un simple, un grossier, un inerte hasard ! Voilà le malheur ! Cinq minutes trop tard… Si j'étais revenu cinq minutes plus tôt, cette impression momentanée se serait dissipée comme un nuage et n'aurait jamais repris son cerveau. Elle aurait fini par tout comprendre. Et maintenant de nouveau des pièces vides, de nouveau la solitude… Le balancier continue à battre ; ce n'est pas son affaire, à lui, il n'a point de regrets. Il n'a personne au monde… voilà le malheur.

Je me promène, je me promène toujours. Je sais, je sais, ne me le soufflez pas : mon regret du hasard, des cinq minutes de retard, vous semble ridicule ? Mais l'évidence est là. Considérez une cho se : Elle ne m'a pas seulement laissé écrit le mot : « n'accusez personne de ma mort » qui est usité en pareil cas. Ne pouvait-elle songer qu'on soupçonnerait peut-être Loukéria ? Car enfin : « vous étiez seule avec elle, c'est donc vous qui l'avez poussée » voilà l'accusation possible. Au moins pouvait-on inquiéter Loukéria injustement si quatre personnes ne s'étaient pas trouvées dans la cour pour la voir, son image à la main, au moment où elle se jetait. Mais c'est aussi un hasard qu'il se soit trouvé du monde pour la voir ! Non, tout ceci est venu d'un moment d'aberration ; une surprise, une tentation subite ! Et qu'est-ce que ça prouve qu'elle priât devant l'image ? Cela ne prouve point que ce fût en prévision de la mort. La durée de cet instant a peut-être seulement été de dix minutes. Elle n'a peut-être pris sa résolution qu'au moment où elle s'appuyait au mur, la tête dans sa main, en souriant. Une idée lui a passé par la tête, y a tourbillonné ; elle n'a pu y résister.

Il y a eu un malentendu évident, si vous voulez. Avec moi, on peut encore vivre… Et si c'était réellement de l'anémie, simplement de l'anémie ? quelque épuisement d'énergie vitale ? Cet hiver l'avait trop épuisée ; voilà la cause…

Un retard !!!

Quelle maigreur dans cette bière ! Comme son nez semble pincé ! Les cils sont en forme de flèches. Et elle est tombée de manière à n'avoir rien de cassé, rien d'écrasé. Rien que cette « boule de sang ». Une cuillerée à dessert. La commotion intérieure. Étrange pensée : si on pouvait ne pas l'enterrer ? Car si on l'emporte, si… Oh non, il est impossible qu'on l'emporte ! Ah, je sais bien qu'on doit l'emporter ; je ne suis pas fou et je ne délire pas. Au contraire, jamais ma pensée n'a été plus lucide. Mais comment alors ! comme autrefois ! personne ici, seul avec mes gages. Le délire, le délire, voilà le délire ! Je l'ai torturée jusqu'à la fin, voilà pourquoi elle est morte !

Que m'importent vos lois ? Que me font vos mœurs, vos usages, vos habitudes, votre gouvernement, votre religion ? Que votre magistrature me juge. Qu'on me traîne devant vos tribunaux, devant vos tribunaux publics et je dirai que je nie tout. Le juge criera : « silence, officier ». Et moi je lui crierai : « Quelle force as-tu pour que je t'obéisse ? Pourquoi votre sombre milieu a-t-il étouffé tout ce qui m'était cher ? À quoi me servent toutes vos lois maintenant ? Je les foule aux pieds ! Tout m'est égal ! »

Aveugle, aveugle ! Elle est morte, elle ne m'entend pas ! Tu ne sais pas dans quel paradis je t'aurais menée. J'avais les cieux dans mon âme, je les aurais répandus autour de toi ! tu ne m'aurais pas aimé ? hé bien qu'est-ce que ça fait ? nous aurions continué comme cela. Tu m'aurais parlé comme à un ami, cela aurait suffi pour nous rendre heureux, nous aurions ri ensemble joyeusement en nous regardant dans les yeux ; c'est comme cela que nous aurions vécu. Et si tu en avais aimé un autre, hé bien soit, soit ! Tu aurais été le voir, tu aurais ri avec lui et, moi, de l'autre côté de la rue, je t'aurais regardée... Oh tout, tout, mais ouvre seulement les yeux ! Une fois, un instant ! un instant ! Tu me regarderais et, comme tout à l'heure, tu me jurerais d'être toujours ma femme fidèle ! D'un seul regard, cette fois, je te ferais tout fait comprendre.

Immobilité ! Ô nature inerte ! Les hommes sont seuls sur la terre, voilà le mal ! « Y a-t-il aux champs un homme vivant ? » s'écrie le chevalier russe. Moi je crie aussi sans être le chevalier, et aucune voix ne me répond. On dit que le soleil vivifie l'univers. Le soleil se lève, regardez-le : n'est-ce point un mort ? Il n'y a que des morts. Tout est la mort. Les hommes sont seuls, environnés de silence. Voilà la terre ! « Hommes, aimez-vous les uns les autres. » Qui a dit cela ? Quel est ce commandement ? Le balancier continue à battre, insensible... quel dégoût ! Deux heures du matin. Ses petites bottines l'attendent au pied de son petit lit... Quand on l'emportera demain, sérieusement, que deviendrai-je ?